JN084269

第６回恋の五行歌公募作品集

恋の五行歌

キュキュン200

草壁焔太 編

Kusakabe Enta

そらまめ文庫

はしがき

草壁焰太

五行歌運動は、「恋の五行歌」から始まったと言っても過言ではない。これは、私の「詩歌は恋に始まる」という信念から起こったことであった。五行歌の募集は、ほとんど「恋」に関して行われた。

ふつう、人は恋をしたときに詩や歌を書く。恋がいちばんの動機で、恋の時期を過ぎると詩歌は書かないという人も多い。

私は、詩歌を書くと決心したときから、まずは恋の詩歌を書こうと思い、自由詩の詩集も大半は恋愛詩集であった。戦後、詩歌が知的な装いをしようとするときに、私はどうしても「恋の詩」「恋の歌」を書こうとした。

詩歌は高尚にしようとすると、邪道に陥るという信念を持っていたからである。

このたびの、恋の五行歌を読み、選んでいる時も、私はほとんどの歌に大いに共感し、キュキュンを感じ、わくわくを感じた。

私の心のいちばん柔らかなところを刺激してくれる。男女、老若、内容を問わず、ほとんどに震えるようなものを感じる。これは、長く生きたことの功徳であろうと思う。

どういう状況のものも、男女の違いも超えて、よくわかるようになっている。人間は、体験によって賢くなる。長く生きれば、いろいろな体験も積み、ほかの人の歌もよくわかるようになるのである。

俊成は定家が、古典の歌がわからない、どうすればいいですかと問われたときに、歳を取って体験を積めばわかるようになる、と答えたそうだが、まさにその通りで、私は選をし、歌を読みながら、ああ、よかったと思った。

五行歌は、数えられないほど多く、恋の五行歌を募集し、その応募者たちに五行歌を書くことを勧めたから、恋の五行歌から、この道に入った人は多い。このたびの選者たちも多くは、そうである。

だから、五行歌のうたびとは、基本が出来ていると、私は思うほどである。

百人一首も四十二首が恋の歌である。これは日本的な特徴でもあるが、それにも理由がある。

文化というものは、その第一の目的は、気持ちの分かち合いである。政治経済が所有と支配を目指すとすれば、文化は分かち合いを求める。人間の行為のなかで、その分かち合いをどこまでも求めるのは恋であるから、詩歌がまず恋を主題とするのは、自然なことなのだ。

恋ほど文化的なものはないともいえるのである。

私は、恋ほど絶対的なものはないと説明するときに、よくこう話す。

人間は、他人のつばが嫌である。ほんの飛沫が手にかかっても、激しい嫌悪感を持つ。ところが、恋をすれば相手のつばが、最高の恵みとなる。つまりその人とすべてを分かち合うことが最高の喜びとなる。

そういうものは、他にない。だから、人はまず恋を歌うべきであると。

今回も、改めてそのことを感じ、恋の五行歌を募集してよかったと思った。さあ、どんな形でも、どんどん恋をし、歌を書きたい。

そう思った。みなさんも、恋の歌をどんどん書いていっていただきたい。最後に選者のみなさん、ありがとう御座いました。いっしょに仕事をして、とても嬉しかった。

もくじ

第六回

恋の五行歌

入賞作品

金賞作品

シギ一羽
水面の富士を動かした
君ひとり
ぼくの宇宙を
かき乱す

矢崎　潤
❖東京都

銀賞2作品

身の内に
残響を
曳いたままの
長い
帰路

南野薔子 ❖福岡県

羽田怜花
❖東京都

あなたの
浅黒い肌を吸う
溜息も飲みこむ
今宵新月
初めてわたしが狼になる

銅賞10作品

宮井そら　❖三重県

あなたは
光なんかじゃない
わたしを
背徳へ導いた
賢者だ

壬生
❖茨城県

たった一言
言葉を交わした
それだけで
北極を
溶かせる気がする

旅　人　❖東京都

同じ詩が好き
それだけなのに
冬夕焼けを
浴びながら
スキップして帰る

あなたとの
心の距離が
知りたくて
花になったり
風になったり

永井純子

❖愛媛県

カタカナの
ギュッじゃなく
ひらがなの
ぎゅっ　で
抱きしめて

さあや

❖大阪府

わたしの
細胞全部に
あなたの名前が
刻まれてるって
知ってました？

岡　たみこ　❖埼玉県

ビンちゃん　❖北海道

好きですと
言えず放課後
帰り道
勇気を出して
あなたの影をそっと踏む

多賀ちあき ❖埼玉県

埋み火は
埋み火のままに
折りふし
灰の中の
ぬくもりを確かめる

兼子利英子　❖鹿児島県

デートにジャージはないわ
なのに来た来た
練習後のまんまの姿で
あぁ恋しちゃったんだな
許せちゃう

のんちゃん ❖東京都

数学の言葉で
話す君に
物理学の言葉で
返す僕
πのように無限に続く恋

koi

恋

Ⅰ

剣　源次郎　❖静岡県

今思うと
少年の僕でした
君の優しい
問いかけが
判らなかったのです

守谷美智代　❖静岡県

私の毛細血管の中まで
ぐるり廻っているの
もう
がんじがらめ
あなたの優しさで

朝山ひでこ　❖神奈川県

終わらない
恋という宿題を
また書き始めている
人生の
放課後

田代皐月　❖岩手県

降っても
降っても
積もることのない
海の雪のようです
亡夫《あなた》への思慕は

あと10㎝の勇気を
目で確かめ合うと
恋が走り出す
波も風も光る
15才の夏

霧　香
❖大阪府

コートに付いた
雨の雫を
無造作に払う
彼の骨ばった手を
好きだ、と思う

未　瑛
❖神奈川県

そこが海なら
まっ逆さまに飛び込んで
溺れてみたい
貴男の広い
胸の中

守屋千恵子　❖大阪府

新幹線の
車窓すらもどかしくって
ドアガラスに
鼻先くっつけて立つ
誰より早く降りるんだもの

兼子利英子　❖鹿児島県

投げ捨てた
リングが
波間に消えても
錨のように
いまも沈んでいる

嵐　太　❖長野県

何故、
海に来た
返す波に
捨てきれぬ
恋か

よしだ野々　❖岩手県

菅野紀美 ❖鳥取県

卒業式
振り返る場面
全てにきみがいる
まだ大人には
なりたくない

佐光ちより ❖大分県

写真に映りたがらない君が
目を細めて笑った
脳内のカメラは
ゆっくりと
シャッターを切った

稲本　英　❖福岡県

出会った頃
やわらかで
心地よい違和感があったんだ
わたし、たぶん
このひとを好きになる

神邊久子　❖東京都

木もれ日の
ベランダに出て
背伸びする
君のかかとが
可愛くて

西條詩珠　❖大阪府

「お慕い申して
おりました」
過去形で入力
恋ひとつ
強制終了

えたうに緒茄子《おなす》　❖大分県

ザーザーぶりだから
来ないのかと思った
そんな風に責める涙が
可愛くて
心には虹がかかった

青　藍　❖京都府

あなたが待つ駅に
近づくにつれて
わたしが乗った電車は
いつも
ノロノロ運転になる

ArizonaBlue　❖アメリカ

限りなく白に近い灰色が
ボクを翻弄する
キミという人は
99％の純真と
1％の嘘で出来ているから

mario　❖大阪府

輪郭がわからないほどの暗闇で
ふたりを隔てるものは何もない
深く深く海の底まで
深海魚のようにゆったりと
ひとつに溶け合おう

光　風　❖千葉県

耳に
堕ちる
言葉か
息か
水琴窟になる

晶　子　❖静岡県

砂利を踏む足音
あなただと
まちがいなく
聞き分ける
恋の耳

いわさき陽々　❖東京都

泥濘みについた
彼の足跡
そーっと靴を当ててみる
あったかーい温もり
恋の予感

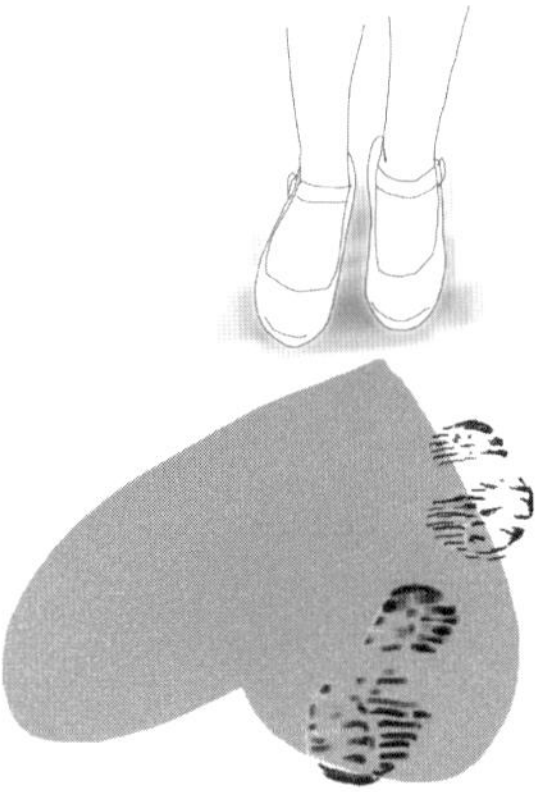

萩原　青　❖神奈川県

全然好きじゃないよと
もう忘れたよと
過去のことだよと
笑った
全部嘘

山鳥翠莉　❖福岡県

決め手は
改札口前で貴方から
突然のくちづけ
私は　その瞬間
あなたを選んだの

北風に押され
とび込んだ
あなたの腕の中
ほっこり温《ぬく》くて
涙がでちゃった

鈴木千代子　❖福島県

わかって
いながら
気づかないふり
あなたを掠める
赤とんぼ

福家貴美　❖埼玉県

凪　❖愛媛県

おはよう
布団からはみ出た
君の足が愛しくて
貝殻さらう波のように
君覆う

磯　純子　❖神奈川県

君の横顔
ギリシャ神話の
彫刻みたい
暗闇のなかで
私を白いユリに変える

髙橋美代子 ❖愛媛県

木曽路の旅は
妻籠から馬籠へ
石畳の坂を
ひとり下る
あなたと歩いた道です

石頭磊石 ❖埼玉県

古希のクラス会
中学の時も
そうだったけど
今でもやっぱり
近寄れない

当たって
砕けて
泣いた
遠きあの日の
図書館

五　郎　❖埼玉県

君の瞳の
奥深く
沈んだ
私の気持が
映ってる

鬼ゆり　❖群馬県

今月は遠い
今月は近い
今月も近い
ドキドキハラハラ
あの人との席替え

えいえい　❖兵庫県

はかなさに
ふるえている
二人　甘い虹を
貪ってしまった
から

南野薔子　❖福岡県

遊　子　❖長野県

理系の夫は
言葉でなく
笑顔で
私を
抱き締める

ル　ナ　❖兵庫県

夜空に響く
花火の音
私の心音
君に
聞こえてないよね

蓮花　輝　❖兵庫県

冬の夜《よ》に
独りで綴る
片恋《こい》
の
履歴書

横手友江　❖埼玉県

愛してると
言わない貴方
そんな無口な
照れ屋の貴方を
愛してます

Koi

恋

II

地球をまわる
月のように
ぐるりぐるぐるぐるり
きみの引力に
負けてしまいたいのに

幸木みずき ❖東京都

窓際の
後ろの席は
恋の席
窓と顔の距離
三センチメートル

山本未有 ❖兵庫県

My heart

甘　雨　❖神奈川県

理想宮は
いらないの
この痛みこそ
ふたりをつなぐ
詩　だから

感王寺美智子　❖福岡県

告白は
滑り込む終電の音に
かき消され
微笑むままに
手を振る君よ

野村久子 ❖東京都

五指ゆるゆると
ほどくよに
ゆっくりゆっくり育てた
恋
今　愛に生まれかわる

髙橋杜子美 ❖宮城県

夏になると
貴方は下駄を履いた
鼻緒から出た指に
ドギマギした
あの夏

職場恋愛は考えられない
という
君の一言
一瞬で
失恋

井村江里 ❖愛媛県

たとえば世界が
今夜で滅ぶとも
重ね合わせた
指先のぬくもりが
私のすべて

張　秀霞 ❖埼玉県

恋する気持ちは
君で学んだ
憎しみを
学んだのも
君だった

いおり ❖東京都

微笑んで
くれただけなのに
嬉しくて
からだ中の細胞が
恋に侵される

美伊奈栖 ❖千葉県

はるき　❖愛媛県

12℃か
13℃くらいの
別れの気配だけが
珈琲の湯気と彼女の瞳の間に
いつまでも漂っている。

ねもとよしこ　❖埼玉県

あじさい寺で
雨音聞きながら
あなたと二人
あじさい色に染って
今日が一番きれいな私です

森本尚子 ❖兵庫県

寒ければ
俺につかまって
いればいい
体温と孤独が伝わるよう
しがみつく

流城樹華 ❖東京都

その瞬間
私の心に
紅く色付いた
カエデの葉が
舞い落ちたのです

ひみこ ❖千葉県

男の恋は
スタートダッシュ
女の恋は
ラストスパート
女の恋の方が苦しい

観月 ❖東京都

飛行機雲のような
キレイな平行線
くっきり
あの娘に夢中な君と
あの娘になれない私

重田恵佳 ❖群馬県

暗闇の中に
一輪でも
あなたの笑顔が咲くのなら
この好きって気持ちは
とまらない

隅田　泉 ❖長崎県

文字の並びが
世界一
美しく見える
君の名前
通知画面

茶々兎　❖神奈川県

おもむろに
目をそらすのは
君の瞳に映った
この私を
見続けられないから

のんちゃん　❖東京都

昨晩は
「、」まで言ったけど、
今晩は
「。」まで言おう。
今からドキドキしてる。

保志郎 ❖静岡県

ポニーテール、
イヤリング、
くちびる。
君が揺れる。
僕は落ちる。

前川千衣美 ❖大阪府

学校までの35分
毎朝早く出て
ゆっくり自転車を漕ぐのは
あなたが私を追い抜く瞬間
今日こそおはようと言いたいから

田中美沙妃 ❖兵庫県

毎朝驚くのだ
ふたりでめざめたことに
そして
毎晩驚くのだ
ふたりでねむることに

福田健志朗 ❖上海

22歳、海外勤務が決まった
覚悟の秋
高まる胸
にじむ手の汗
「上海で俺のお嫁さんをやらないか」

ゆりゆり　❖愛知県

さようならは言わない
またね
さようならを言えば
もう二度と
あなたに会えない気がしたの

美伊奈栖　❖千葉県

自転車の
後ろに
乗った時から
もたれた背中は
私のもの

明石裕子　❖広島県

わたくしのスワンが
白くなったり黒くなったり
あなたのみずうみを
騒がせてしまって
ごめんなさい

藤本　恵　❖神奈川県

夜九時に十秒だけ
夜空を見上げて
月を探そうね
そんな十七歳の約束を
今も守っています

美　雨　❖大阪府

近すぎて
想いに気づけなかった
キスまで
後、１センチの
僕らの恋

見山あつこ　❖愛媛県

「あした取りに来る」
あの時置いて行ったギター
貴方と共に
そのまま私の傍に居座って
いま四十八年目

白《さ》　夜《や》　❖福岡県

好きと言える距離にいて
好きと言えない
もどかしさ
ガラス一枚の
歯ぎしり

鮫島龍三郎　❖埼玉県

風の強い日だった
その夜　私は
あなたを幸せにする
そのためだけに生きる
と　誓った

タ　ミ　❖福岡県

朝のバス停で
君を見た日から
ここで待つ時間が
今までよりもどかしくも
好きになった

村岡　遊　❖埼玉県

あなたの領分
わたしの領分
あとは
溶け合って
いっしょにいようね

手をつなぐのを
嫌がる自分の
手を取って
「エヘヘ」と微笑む
君が愛しい

紫　永月　❖大阪府

100m競走
10秒の壁
あっさりと破る
俺の
最短0秒の恋

晃　山　❖群馬県

電車シート
あなた側の
右半身だけが
熱くなって
キュ　キュン

冨樫千佳子　❖神奈川県

小指の先で
いいから
いつも
あなたに
触れていたい

工藤庄悦　❖宮城県

koi
恋
III

岡本育子　❖神奈川県

好きだと言われて
悲しかった
だって
私の方が
先だったのに

㐂　七　子　❖東京都

呑める娘《こ》が
好きだと君が
言うもんで
嫌じゃないのよ
この二日酔いは

おお瑠璃 ❖岩手県

もう好きって
書かない
二度目のラブレター
想いは言葉より
溢れて

功美子 ❖茨城県

好きだとか
愛してるとかじゃなく
「家族だよ」って
言ってくれたあなたに
一生の恋

よくある出会い
ありふれた恋を
特別にする
あなたが囁く
わたしの名まえ

中島さなぎ　❖大阪府

来てくれないなら
優しくしないで
期待させないで
大好きな気持ちを
止められなくなるから

中島一美　❖岐阜県

わたしの一生《とき》を
盗む徴に
くちびるを
塞いだんだね
あなたのくちびる

西垣一川　❖京都府

好きなもの
必要なもの
大事なもの
その全てに
君がいた

しげながたくや　❖東京都

近藤國法 ❖宮崎県

またあの日の君を
思い出してる
誰も居ない放課後の
教室にひとり
行く雲を見ながら

祖父人 ❖滋賀県

初恋は中学生の時
今はともに
独り身になって
月に一度
デートする

柳澤茂実　❖長野県

同級会帰りに
車イス押してくれた
彼のひとことが
まひの身に
鐘をひびかせた

成宮　圭　❖大阪府

黄色信号で
思わず
アクセルを踏み込んだ
今度の恋は
そんな恋

もうりえみ ❖東京都

そんな顔
今まで一度も見せたことないくせに
マニュアルどおりの言い訳をして
ずるいよ、一瞬で
既婚者の顔

花みずき ❖埼玉県

半世紀《はんせいき》生きたからこそ
伝えられない
この想い
棘《とげ》となり
心を刺す

眞六あつし　❖愛知県

視線がぶつかり
目をそらす
一瞬の出来事
もう一度
どうかもう一度

末朝まくら　❖ベトナム

レモングラス
故郷の香りだときみが言う
わたしは
この香りを含めて
愛すのだ

石川由宇 ❖福岡県

君の
青い鳥は
此処には棲めない
膝を抱え
眠る

緋　沙 ❖沖縄県

かけがえのない
重いもの
風の様に
過ぎて去るもの
恋

大島健志　❖神奈川県

気が変わった
やっぱり来世も
無駄な青春を
過ごすんだ
君に会いに行く

ルナ　❖兵庫県

私を海みたいだと言う
それならあなたは
海を照らす太陽だ
あなたがいないと
笑えない

NAKA　❖大阪府

求婚の返事に
「一生私の親友でいて下さい。」
と告げたら
「じゃあそこから始めよう」
何て上手《うま》い切り返し

内藤雅都代　❖神奈川県

満開の
桜の下で
桜に護られて
キス
あぁ　ほろほろ散ってしまう

好き
大好き
愛してる
それ以上を表す言葉を
教えてください

さきぱん　❖東京都

きみの
手のぬくもりが
やわらかく
私に近づくと
冬がはじまる

こがゆう　❖神奈川県

芝楽みちなり ❖東京都

「ねえ」と言う。
「うん?」と言う。
「好き」と言う。
「私も」と言う。
そんな関係にあなたとなりたい。

とりす ❖千葉県

夕陽を眺めながら
「どこかいこうか」
「うん夕陽の中を
焦げちゃいそうな
旅をしたい」

いつもの電車
いつもの車両
いつもの席に
あなたはもういない
恋だったのだ

颯　来　❖静岡県

君はまた優しくて
わかりやすい嘘
つくから待つの
珈琲に角砂糖の
三個目入れる

大平まるる　❖神奈川県

あのお握り
大きくて美味しかった
若草山のデート
初恋
わが家族の原点

富田浩平 ❖埼玉県

はじまりは
期間限定の恋だったのに
今夜も
いい匂いの
君を抱いている

稲本　英 ❖福岡県

はるじおん　❖鹿児島県

ひざとひざとが
ぶつからないけど
熱を感じる
隣同士の
デスク

豆　風　❖東京都

恋多きワタシに
恋知らぬアナタが恋をして
恋手ほどきしているうちに
恋って不思議
ワタシがアナタに恋してた

安楽カフカ　❖神奈川県

君がわたしに
麦わら帽子を
深くかぶせたから
ピカソの海の
青が見えない

多治川紀子　❖大阪府

コーヒー見つめ
胸の鼓動が止まらない
君の唇から溢れ出る
言葉に全てを
かけるつもりだから

杉山眞理子 ❖埼玉県

もうすぐ嫁ぐ私に
三年は待つからと言った人
何百回思い出した事か
今でも遅過ぎた告白を
美しく思い出す

よもぎ ❖埼玉県

夢ン中
でも
スルーする
憎っくき
あの男

斎藤ヒサ ❖秋田県

何も言わず出征し戦死した
初恋の人
もうすぐ天国に逝く私
私をどう思ったか聞こう
片思いだったら悲しい

見山あつこ ❖愛媛県

妻の名を面と向かって
呼べないあなたが
デイサービスから持ち帰る
絵手紙はいつも
「敦子へ」からはじまっている

村岡　遊　❖埼玉県

胸の中に
ふわっとくるんで
まろ〜く　まろ〜くと
いつくしんでいる
長けて恋

kyoco　❖山梨県

あの恋があったから
これが最後でいいと思えたから
今もひっそりと女でいられる
そんな小さく淡く不器用な
溺れるような、でも秘めやかな、そんな・・（恋）

Koi
恋
Ⅳ

隣りに座った
きみを見ず
窓に映った
きみを見た
ああ、眩しき日々

やーくん　❖神奈川県

私を好きだと言ったあなた
友達として
いいえ
恋人として
性別なんて関係ないわ

白　竜　❖埼玉県

川原ゆう ❖大阪府

景色を塗りかえる
バラ色のキス
人生を滅ぼしかねない
危ういキス
どっちだったんだろ

加　蓮 ❖愛知県

その言葉にときめき
その言葉に戸惑い
その言葉に酔いしれ
その言葉に苦しむ
そして言葉を失う

枯れ野　❖兵庫県

共同トイレの
学生アパート
裸で抱き合っていると
暖かいね
凍える寒い日、温かかった

かじまひろこ　❖京都府

リスみたいな
目だ　と思った
あの時の瞳
白髪まじりの今も
時々見えるよ　あなた

夏　舟❖熊本県

エキストラのように
生きている
僕でも
ドラマのような
恋をするのだ

井村江里❖愛媛県

通りすがりに
すっと
目が合う
一瞬は
永遠

面影の可憐な花が
六十年
心の奥に咲いている
高校時代の一年の
引き裂かれた恋

吉田克彦　❖群馬県

私の罪名は
ハート窃盗罪と
恋路の駐車違反
貴方に捕まり
貴方の妻となる

金子あさ子　❖宮崎県

まるこ　❖愛知県

恥じらい顔に
どっきん
まさか　まさか
こんな気持ちに
なるなんて

檜扇文子　❖東京都

幼い頃から
繋がっていた糸
絡まった中から一本だけ
綺麗なリボン結びになった
同級生の私たち

飛田くるみ　❖兵庫県

久しぶりと笑いあう
知らないうちに
染まってた
私のほっぺと
君の金髪

象　よりこ　❖東京都

まだかけて
こないで最後の電話なら
でも
これ以上待つよりかは
とも思う

白石百合子　❖群馬県

I LOVE YOU　と
貰ったラブレター
心はとうに決まっているのに
やっとやっと言えた
・・・ME TOO

刹　那　❖北海道

亡き母の
名前をつけた
杖をついて
歩く
父

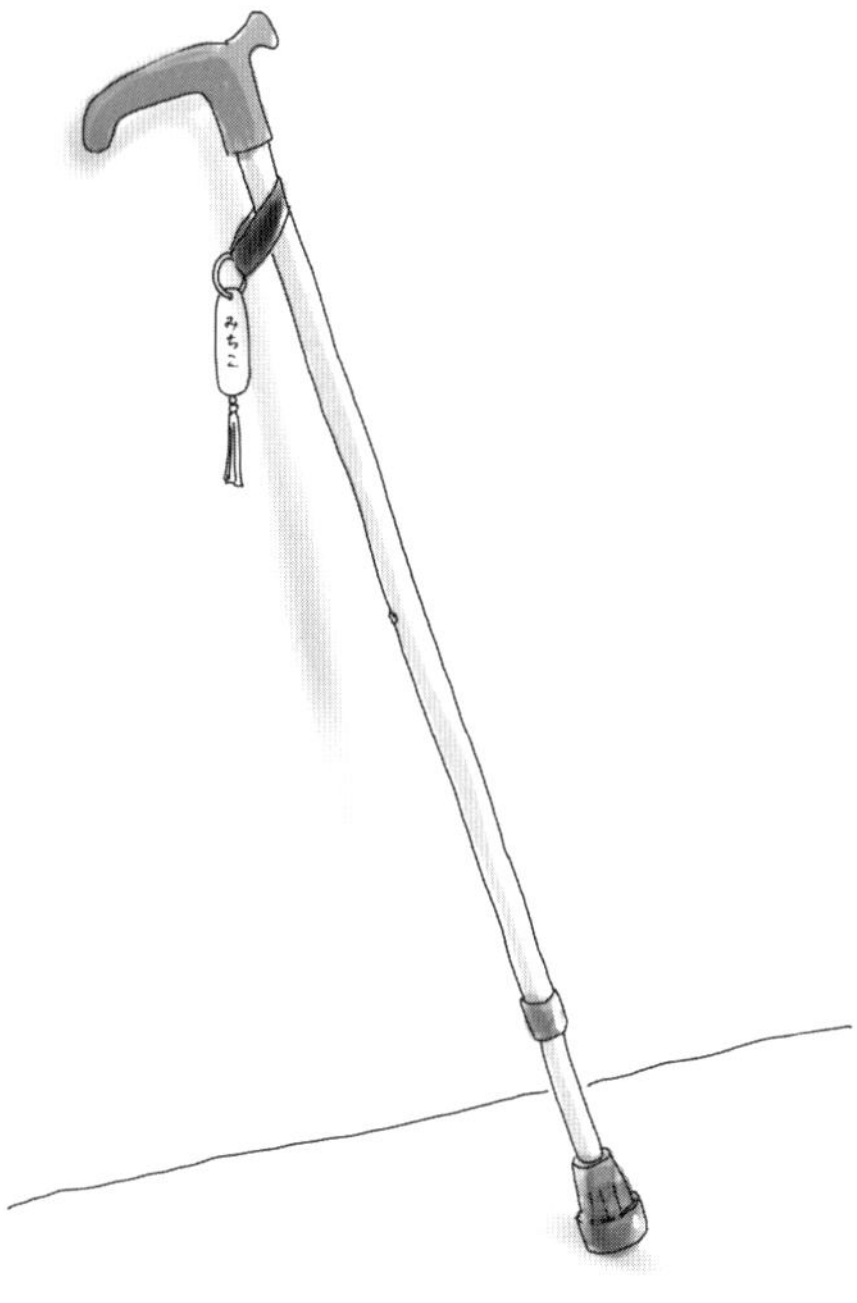
みちこ

君の声を
聞くだけで
何なんだ
このうるさい
鼓動は

小鳥遊　雅　❖大阪府

これでも
恋ぐらい
知っているのよと
おさない
胸が言う

三井ひとは　❖兵庫県

大島清美 ❖東京都

さよならしたくなくて
私も仕事忙しい
あなたが私に会わない理由を
私の方から作ってあげる
嘘つきだらけの私の恋

世古口　健 ❖静岡県

「うれしい」
と言って俯いた
あなたの横顔に
わたしは　まだ
囚われています

山下ようこ　❖東京都

完璧な人なんかじゃ
全然ないのに
どうしてこんなに
惹かれるんだろう
会いたいんだろう

鵜ノ澤暢子　❖静岡県

電車の中で一瞬
触れたあなたと私の手と手
まるでヤケドをしたみたい。
あなたにはちゃんと彼女がいて
私はあなたに手出しができない。

山野さくら ❖埼玉県

オレンジの
紅葉のトンネルの下で
キスしよう
今なら
誰も見ていない

於恋路 ❖群馬県

本当は私
甘えたかった
泣きたかった
抱かれたかった
そんな女だった

ふたば　❖東京都

さりげなく
君が私の髪を直した時
胸《むね》がキュンとして
天から「恋」という星が
私の心に落ちて来た

ライラック　❖岐阜県

もう恋なんてしない
あれ？私の心ったら
恋の爪跡 消して
新しい「あなた」を
目で追っているの

宮川　蓮　❖神奈川県

雨上がりの
ジンジャーリリー
触れたい
触れられたい
今、君に

中込加代子　❖埼玉県

文化を持って生きる
楽しさを教えてくれた人
実らぬ恋の後
あなたを超える人は
現れなかった

渡部剛志 ❖愛知県

すぐそばにキミがいる
それだけで
何が起ころうとも
ボクはいつも
幸せの真ん中にいる

仁田澄子 ❖京都府

君と暮らした街を
風の様に通り過ぎる
マンションの給水塔が
何時までも
追いかけてくる

めご姫 ❖埼玉県

黙ってたって女はね
好きな男に
簡潔明瞭
さあ
抱きなさいよ

小俣友里 ❖埼玉県

駅のホームで
修羅場になった
あの子のことも
私のことも
あなたは選ばなかった

紫陽花の
描きあげた絵に
映るのは
ひとつの傘と
ふたりの姿

美　奈　❖東京都

恋をすると
世界は変わるんだ
君がとなりにいる
それだけで
君がとなりにいる

岡部光晴　❖埼玉県

絶失恋の時
焼肉でも
食いに行くか
と言ったのが
今の夫です

松田義信 ❖ 福岡県

寄り添って
ほんの数分
凭せかかった
肩
伝わる鼓動

中澤京華 ❖ 千葉県

山崎由紀子 ❖東京都

ひとつ林檎を
ふたりで嚙る
君の歯型をなぞれば
口中に果汁溢れて
鮮烈なキスとなる

小形　綾 ❖長崎県

敵わない
口喧嘩のあとの
得意気な横顔の奥
遠い昔キュンとした心
君にはかなわないね…

尼子やちよ ❖東京都

人知れず
膨らんだ風船は
ついに今朝
弾けてしまいました
あなたの一言で

tim ❖愛知県

冬のふたりの帰り道、
君と一緒にコンビニで買った
お揃いの肉まんは
私のほっぺたと
同じくらいあったかくて

青猫子　❖京都府

ミャウミャウミャウ
猫語で話す優しい時間
あなたの笑顔
ゴロニャーン
柔らかな腕の中

オウンゴール　❖大阪府

待ち続けた電車がやっと到着する
短い停車時間が過ぎていく
ドアが閉まる
動き出す君
プラットフォームのような僕

ずっと
兄以上の男は
いないと思っていた
20歳で
あなたに出会うまでは

岡本育子 ❖神奈川県

ぶっきらぼうに
差し出した
真っ赤なネクタイ
今でもあなたに
首ったけ

田中百合子 ❖北海道

koi
恋
V

町田　文　❖長野県

耳元の吐息と絡み合う視線
ゆれる前髪にかけられた
魔法が
解けない
20年経っても

東雲美月　❖神奈川県

「お疲れ様でした！」
たったの3秒
雨上がりの
キラッキラの雫たちが
一斉に落ちてきた

猫　又　❖秋田県

今日こそは
声を掛けようと
気合いを入れている僕の中に
出来ない理由を探している
自分がいた

カイサ　❖茨城県

くだらない日常
いつもの朝
ひとつちがうのは
今、君がそこにいる
あふれる笑顔の君がいる

どこが好き？
って聞いたとき
「そんなのわからない」
って答えが嬉しくて
大人になったなと思う

川口陽香　❖神奈川県

来た！
地を這い
跳ね上がる
恋℃
じゅわわ〜ん

菊地佐和子　❖北海道

佐々野　翠　❖大阪府

恋することは
死ぬまでやめない
だって
可愛いおばあちゃんに
なるためだもん

眞　理　子　❖石川県

夜は今日も来る？
来るんじゃなくて、夜に行くんだ君と
朝は明日も来る？
来るんじゃなくて、朝に行くんだ二人で
明日に行くんだ二人で

中村節子　❖静岡県

遠い日
求婚してくれたひと
寝たきりに
なっているという
降りつづく雨

横尾和義　❖山形県

あなたは命がけで
母になった
男であるわたしは
授かることができた愛に
命をかけられる者でありたい

林檎鳥 ❖岡山県

青春だなんて
鼻で笑って
ただその横顔を
盗み見るだけの
3年間

羽田怜花 ❖東京都

夕焼け空を切る電車は
あなたが
乗っているかもしれないね
スーパー帰りの踏切前で
ちいさくちいさく手を振った

中野　県　❖山口県

霧雨がしみこむように
時間がかかるのなら良いのに
君って突然
ヒトの心に穴を開けて
全身を発熱させるよね

山崎　光　❖埼玉県

スピーカーに
手を当て
ようやく
音を認識するような
恋

人を
好きになる道
何回来ただろう
また、
歩くよ

川岸　恵
❖福井県

あと一言が
欲しくて
泣きまねをする
わがままは
恋のスパイス

岸　かの子
❖福岡県

泉　ひろ子 ❖神奈川県

この地球上の
男の中の男と
燃ゆる恋をして
女の形のまま
星になりたい

酒井里子 ❖千葉県

手練手管
使い尽くし
投了して
なお放せぬものを
恋という

あきら　❖兵庫県

あなたの幸せが
わたしの幸せ
なんて
笑顔はりつけて
告げる冬

夏男　❖新潟県

恋をしてしまった時のゴールは
その恋を
失ってしまう時か
永遠に
二人で生きることを決めた時

笠田　静　❖埼玉県

ざわめく会話
見つめられる
熱い視線
チェロの音のように
心のひだに入りこむ

角森玲子　❖島根県

横に並んで
君の喉仏を見た
あそこまで上がりたい
いつか征服してやるぞ
そんな思惑君は知らない

伊東静雄 ❖静岡県

「付いてこい」って言ったら
「どこ行くの？」だって
「バカッ。オレのプロポーズだぁ」
「ノーと答えたら？」
「タイホする！」

藤井美月 ❖兵庫県

広い背中のキャンバスに
「こっち向いて」と目で描く
目が合い紅く頬染まる
もしも「好き」と描けていたら
どんな風に色づくのでしょう

かわせみ　❖埼玉県

プラス。マイナス
ショート
まるで
電気
好きになったら

上山　❖静岡県

街灯に照らされ
君の白い頬《ほお》に睫毛の影が落ちる
寒いね
寒いね
こんな時どうしたらいいか分かってるのにな

好き
たった一言に
やぶれて散った
臆病者の
無数

中村木染　❖山口県

男は幼稚
恋ごとは最低
だから慈母観音の君よ
この哀れを
すっぽり包んで下さい

青山　司　❖埼玉県

ペンネームは
使いません
この歌を
あなたに
気づいてほしくて

衛藤綾子　❖福岡県

笑顔を輝かせて
青年は
私のこころに
一輪の野バラを
挿していった

永田和美　❖埼玉県

磯　純子　❖神奈川県

君と
初めてのデート
いつもぼさぼさの
君の前髪が
ドライヤーで整ってる

前川直輝　❖山口県

一夜明けて
翌朝見た君の顔は
青白く澄んだ湖沼みたい
君思う私は
狂い咲くルピナスの様

武部　宏　❖京都府

皺だらけの指だから
せめて　光りもので
飾ってやりたいのです
五十七年目の
妻に

やま　❖福井県

夕焼け色の君の声に
ふうわり包まれると
僕の心はゆらりと溶けて
あたたかなハーモニーを
奏で始める

岡田幸子 ❖東京都

憎んでも
憎みきれない
もどかしさに
やっぱり好きだったんだ、と
思ったりする

田中藍里 ❖千葉県

思い出したくない
君との思い出が胸を刺す
新宿駅西口改札
右手にある柱が
二人の待ち合わせ場所

多賀ちあき ❖埼玉県

ささやきは
どうぞ私の耳もとで
ふり向けば
そこに　あなたの
声の扉があるように

綾　美 ❖北海道

落ち込む夜
夢の中にキミが出る。
ハッと気がつき起きてみた。
見た夢忘れ
熱くなった心だけがここにある。

いつもいつも
言葉を欲しがる
君に
クリスマスおめでとう
雪薔薇の花一輪

絵　菜　❖静岡県

すきだ
すきだ
すきだすきだ
それだけだ
それだけしかない

萩原　青　❖神奈川県

選後評・審査員の恋歌

草壁焰太

今回は、応募数は少なかったが、作品の水準は高かった。金銀銅賞など、よかったと思う。今回は、選者を選ぶについて、いままでになかった試みをした。それは、恋の歌を積極的に書き続ける人たちを選者に選んだということである。

恋の歌を書くには勇気が必要である。どうしても、プライベートなことに関心を持たれるということもあり、真実でなければならないということもあり、筆が鈍りがちになるのが普通である。

しかし、それでも、恋歌を書き続けるうたびとがいる。

そういううたびとたちを選んだ。選考を終えて、それは正しかったと私は思った。気持ちがつながっていると感じた。

どんな
ステンドグラスを
とおりぬけてきたのか
君の
薔薇色の頬

体とまた
心さえ
親子より
深く知り合う
男と女なのだ

草壁焰《えん》太　１９３８年旧満州大連市生まれ、１９４７年小豆島に引き揚げる。東京大学文学部西洋学科卒。19歳の頃、五行歌を着想、１９９４年五行歌の会を創立。五行歌の会主宰。五行歌集『心の果て』『川の音がかすかにする』『海山』他著書多数。

八木大慈

人さまざまというが、恋のカタチにも、いろいろあるものだなと思わされた。結ばれた恋・失われた恋、静かな恋・激しい恋、過し日の恋・進行中の恋、一途な恋・荒々しい恋、そして、血おどるもの・冷やかなもの、などなど、実にさまざまだ。しかし、叙情を表現する「歌」としては、理屈っぽいものや、茶化したようなものは、どうかと思える。

やはり「歌」は、恋歌にかぎらず、真剣に真面目に生きている中で生れたものがいい。素直に詠まれたものがいい。静かな中に、熱いものが感ぜられるようなものに心ひかれる。

そして、詩情の余韻が、いつまでも残るようなものがいい。選にあたっては、時間の推移や、「恋」の温度差などをも、考慮させていただいた。

傘寿の坂を
越えてなを
卆寿の恋も
百寿の春も
迎えられそうな

笑うな…
ほんとうに
百まで生きたら
百歳にふさわしい
恋をするんだから

八木大慈　岡山市在住。五行歌の会同人。１９９６年5月入会、同年9月に岡山五行歌会を立ちあげ、20有余年にわたり、代表を務める。この間、会の記念誌『吉備路』（創刊号～6号）を刊行する。

紫野　恵

　恋とはこうも切なく哀しく滑稽なものであろうか。尤も、手放しに楽しいばかりの恋なら、歌など詠むひまもなくデートに夢中だろうけど。

　性別も年齢も伏せられた状態で読んだが、体裁を気にしてか美しく様式化した仕上がりの歌が多かった。もう少し歌としての破綻があっても良かったような気がする。歌なのだからもっと読み手に大胆に訴えかけてくれても良かった。もちろん、選者自身の経験値不足を棚に上げ言っているのだが。

　五行歌は感情移入がしやすい。恋という万人に共通のテーマのもと、詠み手と読み手が瞬時に接点を持つ。百人百様の恋の不条理に老いも若きも我が身を重ねるにちがいない。恋の五行歌は歌の本質を支え、私がそうであったように歌の根源に立ち戻らせてくれる。

根拠のない
永遠より
必ずある
別れ
への一本道

背を射られた
一頭の
獣の
果てる　を
抱く

紫野《しの》　恵《けい》　福岡市在住。五行歌の会同人。九州歌会所属。1995年頃から五行歌を始める。福岡朝日カルチャー、NHK熊本カルチャー等の講師を経て現在に至る。2005年、歌集『ふたたびの夜神楽』（石風社）刊行。

仲山　萌

今回の選を通し「同志」の存在を力強く感じた。「恋をする人」「恋を言葉にする人」がここにいる、その喜びや驚き。「恋」は特別なことではなく、日常の一コマ。けれど、それをわざわざ言葉で表すことはほとんどない。それを敢えて、臆することなく挑まれたことに敬意を表したい。

全体的には控えめでおとなしい歌が多く、少し物足りなさを感じた。また、着眼点や言い回しにも、ややありきたりな感を受けたが、恋の普遍を考えるとそれも頷ける。ただ、せっかく恋を詠うのなら、溢れ出る躍動やリアルな本音、心の内で燻ぶるもどかしさを、もっと大胆かつ繊細に自分の言葉で吐き出してしまえたら、もっと楽しく楽になる。恋を詠うことで、是非それを体感してほしい。さあ！　ここから始めていきましょう。どうぞ一緒に、恋を楽しみ、恋を磨き、恋を詠っていきましょう。

冬の海へ行こう
きっと誰もいない
鈍色《にびいろ》に隠されながら
ぎゅっと
手をつないで歩こう

闇の中
一筋の雌しべとなり
手探りで
あなたに摘み取られてゆく
sensitive

仲山　萌　２００７年、五行歌の会入会。公募「五行歌　しあわせのうた」「五行歌　思い出の歌」入賞。２０１７年、個人歌集として「五行歌恋歌『鈍色《にびいろ》の月』」刊行。名古屋五行歌会会員。

瑠賀まさ

選考依頼の連絡を頂いた時に、深く考えもせずにお引き受けしてしまいました。歌が届いた時にやっと、自分の力不足に不安を持ちました。歌を読みながらまっ先に感じたのは主宰が毎月、数倍の数の歌の選を真剣に実行されているという凄さを身をもって感じ入りました。

応募された方の内どれ位が会員なのか見当もつきませんが、恋のテーマだと老いも若きも心ひかれるのだろうなと思うと、人間味というか体よく言えば命の輝きに値するな等と思いながら選考させて頂きました。

一点の差と歌を分ける事に痛みと、自分の価値感が優先してしまう事を疑問にも思いました。まっさらな歌に触れる楽しみに引き換え一番苦労したのは最後の点数との数合せでした。

そろそろデートの
時期なのに
お互いに無言
コロナの調査を想定して
大人な君

加代子先生に附いて
三十五年
舞のポーズにも
日常の仕草にも
私の心はルビー色

瑠賀《るが》まさ　本名、鶴なつ子。福岡県糸島市在住。2003年熊本歌会発足時に入会。五行歌の会同人。熊本での仕事と趣味活動の為、毎週糸島と熊本の往復生活。

歌人索引

五行歌五則

一、五行歌は、和歌と古代歌謡に基いて新たに創られた新形式の短詩である。

一、作品は五行からなる。例外として、四行、六行のものも稀に認める。

一、一行は一句を意味する。改行は言葉の区切り、または息の区切りで行う。

一、字数に制約は設けないが、作品に詩歌らしい感じをもたせること。

一、内容などには制約をもうけない。

五行歌とは

五行歌とは、五行で書く歌のことです。万葉集以前の日本人は、自由に歌を書いていました。その古代歌謡にならって、現代の言葉で同じように自由に書いたのが、五行歌です。五行にする理由は、古代でも約半数が五句構成だったためです。

この新形式は、約六十年前に、五行歌の会の主宰、草壁焰太が発想したもので、一九九四年に約三十人で会はスタートしました。五行歌は現代人の各個人の独立した感性、思いを表すのにぴったりの形式であり、誰にも書け、誰にも独自の表現を完成できるものです。

このため、年々会員数は増え、全国に百数十の支部があり、愛好者は五十万人にのぼります。

五行歌の会　https://5gyohka.com/
〒162-0843 東京都新宿区市谷田町三―一九
川辺ビル一階
電話　〇三（三二六七）七六〇七
ファクス　〇三（三二六七）七六九七

そらまめ文庫 く1-1

恋の五行歌 キュキュン200

2020年6月25日　初版第1刷発行

編　者　　草壁焰太
発行人　　三好清明
発行所　　株式会社 市井社
〒162-0843
東京都新宿区市谷田町3-19 川辺ビル1F
電話　03-3267-7601
https://5gyohka.com/shiseisha/
印刷所　　創栄図書印刷 株式会社
装　丁　　しづく
イラスト　金沢詩乃

ISBN978-4-88208-175-3

そらまめ文庫

い 1-1	白つめ草	石村比抄子五行歌集
お 1-1	だいすき	鬼ゆり五行歌集
お 2-1	だらしのないぬくもり	大島健志五行歌集
お 3-1	リプルの歌	太田陽太郎五行歌集
か 1-1	おりおり草	河田日出子五行歌集
こ 1-1	雅 —Miyabi—	高原《こうげん》郁子《かぐわし》五行歌集
こ 1-2	紬 —Tsumugi—	高原《こうげん》郁子《かぐわし》五行歌集
こ 2-1	幼き君へ〜お母さんより	小原さなえ五行歌集
さ 1-1	五行歌って面白い　五行歌入門書	鮫島龍三郎　著
さ 1-2	五行歌って面白いⅡ　五行歌の歌人たち	鮫島龍三郎　著
み 1-1	一ヶ月反抗期　14歳の五行歌集	水源《みなもと》カエデ五行歌集
ゆ 1-1	きっと　ここ —私の置き場—	ゆうゆう五行歌集

※定価はすべて 800 円（+税）です